COLE
AQUI
SUA
FOTO

CB040961

NOME:_____

_____

DATA DE NASCIMENTO:___/___/_____

ESCOLA:_____

ANO:_____

PASSAPORTE ① DA LEITURA

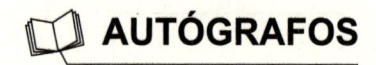

AUTÓGRAFOS

AUTÓGRAFOS

AUTÓGRAFOS

 **AUTÓGRAFOS**

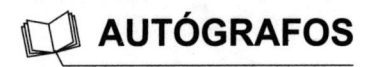

AUTÓGRAFOS

AUTÓGRAFOS

LIVROS QUE JÁ DEVOREI

Data da leitura:___/___/_____
Título:_____
Autor:_____

Data da leitura:___/___/_____
Título:_____
Autor:_____

Data da leitura:___/___/_____
Título:_____
Autor:_____

Data da leitura:___/___/_____
Título:_____
Autor:_____

LIVROS QUE JÁ DEVOREI

Data da leitura:___/___/_____
Título:_____
Autor:_____

Data da leitura:___/___/_____
Título:_____
Autor:_____

Data da leitura:___/___/_____
Título:_____
Autor:_____

Data da leitura:___/___/_____
Título:_____
Autor:_____

LIVROS QUE JÁ DEVOREI

Data da leitura:___/___/_____
Título:_____
Autor:_____

Data da leitura:___/___/_____
Título:_____
Autor:_____

Data da leitura:___/___/_____
Título:_____
Autor:_____

Data da leitura:___/___/_____
Título:_____
Autor:_____

LIVROS QUE JÁ DEVOREI

Data da leitura: ___/___/_____
Título:_____
Autor:_____

Data da leitura: ___/___/_____
Título:_____
Autor:_____

Data da leitura: ___/___/_____
Título:_____
Autor:_____

Data da leitura: ___/___/_____
Título:_____
Autor:_____

LIVROS QUE JÁ DEVOREI

Data da leitura:___/___/_____
Título:_____
Autor:_____

Data da leitura:___/___/_____
Título:_____
Autor:_____

Data da leitura:___/___/_____
Título:_____
Autor:_____

Data da leitura:___/___/_____
Título:_____
Autor:_____

LIVROS QUE JÁ DEVOREI

Data da leitura:___/___/_____
Título:_____
Autor:_____

Data da leitura:___/___/_____
Título:_____
Autor:_____

Data da leitura:___/___/_____
Título:_____
Autor:_____

Data da leitura:___/___/_____
Título:_____
Autor:_____

LIVROS QUE JÁ DEVOREI

Data da leitura:____/____/_____
Título:_____
Autor:_____

Data da leitura:____/____/_____
Título:_____
Autor:_____

Data da leitura:____/____/_____
Título:_____
Autor:_____

Data da leitura:____/____/_____
Título:_____
Autor:_____

LIVROS QUE JÁ DEVOREI

Data da leitura:___/___/_____
Título:_____
Autor:_____

Data da leitura:___/___/_____
Título:_____
Autor:_____

Data da leitura:___/___/_____
Título:_____
Autor:_____

Data da leitura:___/___/_____
Título:_____
Autor:_____

LIVROS QUE JÁ DEVOREI

Data da leitura:___/___/_____

Título:_____

Autor:_____

Data da leitura:___/___/_____

Título:_____

Autor:_____

Data da leitura:___/___/_____

Título:_____

Autor:_____

Data da leitura:___/___/_____

Título:_____

Autor:_____

LIVROS QUE JÁ DEVOREI

Data da leitura:___/___/_____
Título:_____
Autor:_____

Data da leitura:___/___/_____
Título:_____
Autor:_____

Data da leitura:___/___/_____
Título:_____
Autor:_____

Data da leitura:___/___/_____
Título:_____
Autor:_____

LIVROS QUE JÁ DEVOREI

Data da leitura:___/___/_____
Título:_____
Autor:_____

Data da leitura:___/___/_____
Título:_____
Autor:_____

Data da leitura:___/___/_____
Título:_____
Autor:_____

Data da leitura:___/___/_____
Título:_____
Autor:_____

LIVROS QUE JÁ DEVOREI

Data da leitura:___/___/_____
Título:_____
Autor:_____

Data da leitura:___/___/_____
Título:_____
Autor:_____

Data da leitura:___/___/_____
Título:_____
Autor:_____

Data da leitura:___/___/_____
Título:_____
Autor:_____

LIVROS QUE JÁ DEVOREI

Data da leitura:___/___/_____
Título:_____
Autor:_____

Data da leitura:___/___/_____
Título:_____
Autor:_____

Data da leitura:___/___/_____
Título:_____
Autor:_____

Data da leitura:___/___/_____
Título:_____
Autor:_____

LIVROS QUE JÁ DEVOREI

Data da leitura:___/___/_____
Título:_____
Autor:_____

Data da leitura:___/___/_____
Título:_____
Autor:_____

Data da leitura:___/___/_____
Título:_____
Autor:_____

Data da leitura:___/___/_____
Título:_____
Autor:_____

 **ANOTAÇÕES**

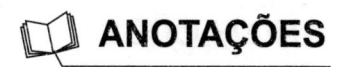

ANOTAÇÕES

ANOTAÇÕES

📖 ANOTAÇÕES

ANOTAÇÕES

ANOTAÇÕES

ANOTAÇÕES

 **ANOTAÇÕES**

UM HÁBITO SAUDÁVEL

Se você reservar 15 minutinhos do seu tempo para a leitura, no final de um ano terá lido um livro de 1.000 páginas.

Quinze minutos por dia é uma boa média para o contato com os livros, se você achar pouco então poderá aumentar o tempo ainda mais.

Para os bem pequeninos deixe os livros ao alcance da mão, nunca os deixe escondidos onde as crianças não possam tocá-los.

Se você já aprendeu a ler e não é um leitor fluente, isso quer dizer que falta para você, prática de leitura.

 # TIPOS DE LEITURA

1 - Leitura básica, com ajuda de um adulto ou jovem leitor mais experiente.

2 - Leitura diária individual de estudo, ao fazer as lições de casa e o trabalho escolar.

3 - Leitura escolhida por prazer.

Os primeiros professores das crianças são os pais. Quanto mais ricas forem as experiências que eles proporcionarem, melhor será o repertório infantil para continuar aprendendo.

Ninguém melhor do que os pais para instigar nas crianças um amor pela leitura que dure para sempre.

Uma das melhores maneiras dos pais fazerem isto, é dando o exemplo de que são bons leitores.

Muitos estudos já comprovaram que as crianças que leem com seus pais têm maior probabilidade de se tornarem bons leitores.

 # DICAS DE LEITURA

QUEM LÊ, ESCREVE BEM

Em geral, quem escreve bem é bom leitor, e não consegue viver sem mergulhar na palavra escrita dos livros, jornais, revistas e até nos rótulos das embalagens que povoam nosso dia-a-dia.

Tudo pode inspirar. Mas nada como os livros. Um livro pode fazer rir, comover, espantar, acelerar o coração, acalmar, encantar, emocionar, dar vontade de abraçar quem escreveu, revoltar, consolar...

E por que será que tanta gente acha difícil escrever?

Falta de prática, talvez de hábito, medo de errar, etc..

 # DICAS DE LEITURA

UM RITUAL DE LEITURA NA ROTINA DA FAMÍLIA

- Crie rituais de leitura reservando um tempo e um lugar especial para curtir histórias sem interrupções.

- Aconchego é bom para reforçar a sensação de segurança e eliminar o estresse (que produz um hormônio capaz de bloquear a aprendizagem, segundo os cientistas).

- Crie efeitos sonoros para captar a atenção.

- Faça conexões entre a palavra falada e a palavra escrita, pois ouvir os sons em palavras é uma habilidade básica essencial para a leitura.

- Fale sobre a história, para reforçar a compreensão e a memorização.

- Leia de novo, e de novo, e mais uma vez, quando pedirem: a repetição ajuda a reconhecer e a se lembrar das palavras, e também a construir o pensamento sequencial.

- Respeite o ritmo de seus filhos, sem forçá-los a lerem mais dos que podem (isso pode esfriar o entusiasmo).

DEZ MANDAMENTOS DA LEITURA

1 - DIVIRTA-SE COM A LEITURA
Você não precisa ler o que não gosta ou não entende.

2 - ENCONTRE O SEU GOSTO PESSOAL
Procure uma livraria ou biblioteca onde possa devorar vários títulos.

3 - NÃO LEVANTE FALSO TESTEMUNHO
Nunca indique um livro que não gostou nem entendeu.

4 - NÃO VIAJE SEM A COMPANHIA DE UM LIVRO
Para que sua viagem seja mais divertida, tenha mais que uma opção na bagagem.

5 - NÃO FIQUE PRESO A ESTILOS E AUTORES
Explore o máximo possível novos livros e estilos.

DEZ MANDAMENTOS DA LEITURA

6 - CULTIVE O HÁBITO DA LEITURA
Mesmo cansado leia um pouco, isto te ajuda relaxar.

7 - CORRA PARA UMA LIVRARIA
Aquele cheirinho de livro novo, abre o apetite para devorar novos títulos.

8 - NÃO FAÇA DA LEITURA UMA REGRA
Deixe que os livros tornem-se seus companheiros

9 - DESCUBRA NOVOS HORIZONTES
Na leitura você pode viajar sem sair do lugar

10 - NÃO DÁ PARA VIVER SEM LER
Quem lê, vive mais e melhor.

LEITURA EMOÇÃO PRA VALER!

O Passaporte da Leitura é um instrumento lúdico para incentivar as crianças o gosto e o prazer pela leitura.

Aprender é uma das melhores experiências da vida e quando aprendemos a gostar de ler, abrimos um mundo de novidades, interesses e conhecimentos que trazem à nossa vida um sabor especial.

Quanto mais palavras você conhece, lê e escreve, menor será a sua chance de ser enganado.

Princesas, príncipes, lobos, porcos que falam, são parte de um imaginário que ajuda a entender o mundo e as dificuldades da vida.

Você encontrará neste passaporte dicas e pequenos segredos de leitura, poderá marcar os livros que você já leu e ainda contar com um espaço para dedicatórias e autógrafos de escritores.